Christoph von Schmid

Die Ostereier

Eine Erzählung
zum Ostergeschenke
für Kinder

Christoph von Schmid: Die Ostereier. Eine Erzählung zum
Ostergeschenke für Kinder

Erstdruck: Landshut, Krüll'sche Buchhandlung, 1818.

Neuausgabe
Herausgegeben von Karl-Maria Guth
Berlin 2017

Umschlaggestaltung von Thomas Schultz-Overhage unter Verwendung
des Bildes: Jan Kameníček, Ostereier (Ausschnitt), 2006

Gesetzt aus der Minion Pro, 11.5 pt

Verlag: Henricus - Edition Deutsche Klassik GmbH
Mörchinger Str. 33, 14169 Berlin, info@henricus-verlag.de
Druck: Libri Plureos GmbH, Friedensallee 273, 22763 Hamburg

ISBN 978-3-7437-0520-3

Bibliografische Information der Deutschen Nationalbibliothek

Die Deutsche Nationalbibliothek verzeichnet diese Publikation in der
Deutschen Nationalbibliografie; detaillierte bibliografische Daten sind
im Internet über www.dnb.de abrufbar.

Inhalt

1. »O wehe, da gibt's noch nicht einmal Hühner!« 4
2. »Gottlob, nun sind doch einmal die Hühner da!« 11
3. »Jetzt gibt es Eier im Überfluß.« 16
4. Das Fest der gefärbten Eier, ein Kinderfest 20
5. Ein paar Eier – mehr wert, als wenn sie von Gold wären 34
6. Ein Ei, das wirklich in Gold und Perlen gefaßt wird 41

1. »O wehe, da gibt's noch nicht einmal Hühner!«

Es lebten einmal, vor vielen hundert Jahren, in einem kleinen Tale tief im Gebirge, einige arme Kohlenbrenner. Das enge Tal war rings von Wald und Felsen eingeschlossen. Die Hütten der armen Leute lagen im Tale umher zerstreut. Einige Kirschen- und Pflaumenbäume bei jeder Hütte, etwas Ackerland mit Sommergetreide, Flachs und Hanf, eine Kuh und einige Ziegen waren all ihr Reichtum. Indes erwarben sie noch einiges mit Kohlenbrennen für die Eisenschmelze im Gebirge. So wenig aber die Leute hatten, so waren sie dennoch ein sehr glückliches Völklein; denn sie wünschten sich nicht mehr. Sie waren bei ihrer harten Lebensart, bei steter Arbeit und strenger Mäßigkeit vollkommen gesund, und man sah in diesen armen Hütten – was man in Palästen vergebens suchen würde – Männer, die über hundert Jahre alt waren.

Eines Tages, da schon der Hafer anfing sich zu bleichen und es in dem Gebirge sehr heiß war, kam ein Köhlermädchen, das die Ziegen hütete, fast außer Atem nach Hause gesprungen, und brachte ihren Eltern die Nachricht, es seien fremde Leute in dem Tale angekommen, von gar wundersamer Tracht und seltsamer Redensart: eine vornehme Frau und zwei Kinder, und ein sehr alter Mann, der, ob er gleich sehr prächtige Kleider anhabe, doch nur ihr Diener scheine. »Ach«, sagte das Mädchen, »die guten Leute sind hungrig und durstig, und sehr müde. Ich traf sie, als ich eine verlorne Ziege suchte, ganz abgemattet im Gebirge an, und zeigte ihnen den Weg in unser Tal. Wir wollen ihnen doch etwas zu essen und zu trinken hinaus tragen, und sehen, ob wir sie diese Nacht bei uns und den Nachbarn nicht unterbringen können. Die Eltern nahmen sogleich Haferbrot, Milch und Ziegenkäse und gingen hin.

Die Fremden hatten sich indes in den Schatten einer buschigen Felsenwand gelagert, wo es sehr kühl war. Die Frau saß auf einem bemoosten Felsenstücke, und hatte ihr Angesicht mit einem weißen Schleier von feinem Flor bedeckt. Eines der Kinder, ein zartes, wunderschönes Fräulein, saß ihr auf dem Schoße. Der alte Diener, ein ehrwürdiger Greis, war damit beschäftigt, das schwer beladene Maultier abzupacken, das sie bei sich hatten. Das andere Kind, ein munterer schöner Knabe, hielt dem Tiere einige Disteln hin, an denen es begierig fraß.

Der Kohlenbrenner und sein Weib näherten sich der fremden Frau mit Ehrerbietung. Denn an ihrer edlen Gestalt, ihrem Anstande und ihrem langen, weißen Gewande merkte man sogleich, daß sie von hohem Stande sein müsse. »Sieh' nur«, sagte die Kohlenbrennerin leise zu ihrem Manne, »den zierlich ausgezackten stehenden Halskragen, die feinen Spitzen, aus denen die zarten Hände nur zur Hälfte hervorblicken, und – potz tausend! – sogar die Schuhe sind so weiß wie Kirschblüte, und mit silbernen Blümchen geziert!« Der Mann tadelte aber sein Weib und sagte zu ihr: »Dir steckt doch nichts im Kopfe, als die Eitelkeit! Den höheren Ständen geziemt eben eine vornehmere Kleidung. Indes macht das Kleid den Menschen um nichts besser, und mit den zierlichen Schuhen hat die gute Frau wohl schon manchen harten Tritt tun und manche rauhen Wege gehen müssen.«

Der Köhler und die Köhlerin boten der fremden Frau jetzt Milch, Brot und Käse an. Die Frau schlug den Schleier zurück, und beide wunderten sich über die Schönheit und die edle, sanfte Gesichtsbildung der Frau. Sie dankte freundlich, und ließ sogleich das Kind auf dem Schoße aus der irdenen Schale voll Milch trinken – und die hellen Tränen drangen ihr aus den Augen, und benetzten die blühenden Wangen, als das Kleine die Schale mit beiden Händchen festhielt und begierig trank. Auch der liebliche Knabe kam herbei und trank auch. Darauf teilte sie von dem Brote aus

– und dann trank sie selbst, und aß von dem Brote. Der fremde Mann aber schnitt große Stücke von dem Käse ab, und ließ sich ihn sehr gut schmecken. Während sie aßen, kamen aus allen Hütten die Kinder, Mütter und Väter herbei, standen im Kreise umher, und betrachteten neugierig und wundernd die neuangekommenen Fremden.

Nachdem der alte Mann satt war, bat er flehentlich, die Leute möchten der Frau doch in irgend einer Hütte auf einige Zeit ein kleines Stübchen einräumen; sie werde ihnen nicht zur Last fallen, sondern alles, was sie nötig habe, reichlich bezahlen. »Ach ja«, sagte die Frau, mit sanfter, lieblicher Stimme, »erbarmt euch einer unglücklichen Mutter und ihrer zwei Kleinen, die durch ein schreckliches Schicksal aus ihrer Heimat vertrieben wurden.« Die Männer traten sogleich zusammen und hielten Rat, in welches Haus man sie am füglichsten aufnehmen könne.

Oben im Tale brach aus rötlichem Marmorfelsen ein Bächlein hervor, stürzte sich, schäumend und weiß wie Milch, von Felsen zu Felsen, und trieb eine Mühle, die gleichsam nur so an den Felsen dort hing. Auf der andern Seite des Bächleins hatte der Müller noch ein anderes nettes Häuschen gebaut. Freilich war es, wie alle übrigen Häuser im Tale, nur ganz von Holz; aber gar freundlich anzusehen, von Kirschbäumen lieblich beschattet, und von einem kleinen Gärtchen umgeben. Dieses Häuschen bot der Müller der fremden Frau zur Wohnung an.

»Mein neues Hüttchen da droben«, sagte er, indem er mit der Hand hinauf zeigte, »räume ich Euch, wie es dasteht, herzlich gern ein. Es ist funkelnagelneu, und noch kein Mensch hat darin gewohnt. Ich baute es eigentlich, um einmal dahin zu ziehen, wenn ich die Mühle meinem Sohne übergeben werde. Wie doch der liebe Gott – ihm sei Dank! – so wunderbar für Euch sorgt! Erst gestern bin ich damit vollends fertig geworden, und heute könnt

Ihr nun schon einziehen – gerade so, als wenn ich es nur für Euch gebaut hätte. Es wird Euch gewiß gefallen!«

Die gute Frau war über dieses freundliche Anerbieten hoch erfreut. Nachdem sie etwas ausgeruht hatte, ging sie sogleich hinauf. Sie trug das kleine Fräulein auf dem Arme, und der alte Mann führte den Knaben an der Hand. Der Müller aber besorgte das Maultier. Die Frau fand das Häuschen, zur großen Freude des Müllers, ganz unvergleichlich. Mit einem Tische, einigen Stühlen und Bettstellen war es schon versehen. Schöne Teppiche und prächtige Decken zur Nachtruhe hatte die Frau auf dem Maultiere mitgebracht. Sie übernachtete daher sogleich da, und dankte Gott mit ihren beiden Kleinen vor dem Schlafengehen noch herzlich, daß er sie nach langem Herumirren einen so angemessenen Zufluchtsort habe finden lassen. »Wer hätte es geglaubt«, sagte sie, »daß ich, in Palästen erwachsen, mich noch glücklich schätzen würde, in eine solche Hütte aufgenommen zu werden. Wie nötig hat auch der Höhere gegen den Niedrigsten gut und gefällig zu sein! Könnte er auch so hart sein, es nicht aus Menschenfreundlichkeit zu tun, so sollte ihn doch die Klugheit dazu bewegen. Denn kein Mensch weiß, was ihm bevorsteht.«

Am folgenden Morgen kam die Frau in aller Frühe mit ihren Kleinen aus der niedern Wohnung hervor, sich ein wenig in der Gegend umzusehen. Denn am Tage zuvor waren sie dazu allzumüde. Mit Entzücken betrachtete sie die schöne Aussicht ins Tal. Die Hütten der Köhler lagen tief unten im grünen Tale wie hingesät, nur immer zwei oder drei beisammen. Das Mühlbächlein schlängelte sich hell wie Silber mitten durch das Tal. Die bunten Felsen voll grüner Gesträuche, an denen die Ziegen nagten, hätte man, so wie sie jetzt von der Morgensonne beleuchtet waren, nicht schöner malen können.

Der alte Müller kam, sobald er die Frau mit ihren Kindern erblickte, sogleich aus der Mühle heraus, und über den schmalen

Steg, der über das Bächlein führte, herüber. »Aber nicht wahr«, rief er, »ein schöneres Plätzchen als dieses, gibt es doch im ganzen Tale nicht! Hier scheint die Morgensonne immer am ersten hin. Wann die Hütten da unten, wie eben jetzt, noch im schwarzen Schatten liegen, so ist da droben schon alles von der Sonne wie vergoldet. Ja oft, wann in dem tiefen, feuchten Tale kaum die Kamine der Hütten aus dem grauen Nebel hervorragen, hat man hier den klaren blauen Himmel.«

Der Kindern der Frau gefiel aber das Mühlrad, das sich beständig so geschäftig umdrehte, am besten. Den Knaben ergötzte besonders das Klappern der Mühle und das Rauschen des Wassers, das wie siedende Milch zu kochen schien. Das Mädchen hingegen hatte, wie sie sagte, ihre vorzügliche Freude an den funkelnden Edelsteinen von allen Farben, die im Sonnenglanze von dem immer tröpfelnden Rade fielen.

Die Frau brachte den Tag zu, sich einzurichten, so gut es in diesem armen Tale sein konnte. Die Leute wetteiferten, sie mit Lebensmitteln, mit Brennholz, irdenem Küchengeschirre, und andern Kleinigkeiten zu versehen. Das Mädchen, das ihr zuerst den Weg in das Tal gezeigt hatte und Martha hieß, kam zu ihr in den Dienst.

»Vor allem brauche ich Eier!« sagte die Frau, als sie sich zum Kochen anschickte. »Sieh doch, daß du mir für Bezahlung einige auftreibst.« – »Eier?« fragte Martha ganz verwundert. »Je, wozu denn?« – »Närrisches Mädchen«, sagte die Frau, »wozu? – zum Kochen. Gehe nur, und mache, daß du bald wieder kommst.« – »Zum Kochen?« sagte das Mädchen; »aber die Vögelein haben ja nun keine Eilein mehr, und dann wäre es doch auch Schade. Vier Personen hätten ja wohl einige hundert Eilein von Finken und Hänflingen nötig, sich satt zu essen.« – »Was plauderst du da«, sagte die Frau; »wer redet denn von Eierchen der Vögelein. Ich meine Eier von Hühnern.« Das Mädchen schüttelte den Kopf und sagte: »Was das für Vögel sind, weiß ich gar nicht. In meinem Leben habe ich noch keine gesehen.« – »O weh«, sagte die Frau, »da gibts noch nicht einmal Hühner.«

Denn da die Hühner erst aus dem Morgenlande zu uns gebracht wurden, so war damals in manchen Gegenden ein Huhn wirklich etwas so seltenes, als jetzt ein Pfau. Die Frau wußte sich, da hier auch nichts von Fleischspeisen zu haben war, in ihrer kleinen Küche fast nicht zu helfen. »Ich hätte nie daran gedacht«, sprach sie, »was es um ein Ei für eine Wohltat Gottes ist, bis jetzt, da ich keines haben kann. So ging's mir aber auf meiner Wanderung schon mit hundert Dingen. Mangel und Not haben doch auch ihr Gutes, indem sie uns auf manche Gabe Gottes, die wir bisher nicht achteten, aufmerksam machen und uns Dankbarkeit lehren.«

Die gute Frau mußte sehr kümmerlich leben. Die Leute trugen ihr indes fleißig zu, was sie nur immer glaubten, daß ihr angenehm sein könnte. Wenn der Müller eine schöne Forelle, oder ein Köhler ein paar Krametsvögel fing, so brachten sie ihr dieselben sogleich. Die größten Dienste tat ihr aber der alte Diener, der mit ihr gekommen war. Sie hatte noch einige goldene Kleinodien und kostbare Edelsteine. Von diesen gab sie ihm von Zeit zu Zeit, und er verreiste damit, und blieb oft mehrere Wochen aus. So oft er zurück kam, brachte er immer allerlei mit, das er für die kleine Haushaltung gekauft hatte. Die Leute bemerkten jedoch, daß die Frau nach seiner Zurückkunft oft sehr traurig war, und rotgeweinte Augen hatte. Sie wären gar gern dahinter gekommen, wer sie denn eigentlich sei, und woher sie komme. Allein sie selbst zu fragen, hatten sie den Mut nicht. Der alte Mann aber sagte ihnen, wenn sie ihn fragten, so seltsame Namen, daß sie dieselben kaum nachsprechen konnten, und sie in einer Viertelstunde schon wieder vergessen hatten, bis sie endlich merkten, daß der muntere Greis sie nur zum besten habe. Da machten sie sich an die Kleinen. »Sag' uns doch«, sagten sie zum Knaben, »wie heißt denn deine

Mutter eigentlich? Wir wollen es nicht weiter sagen. Sag' es uns nur ins Ohr.« Da sagte ihnen denn das Kind sehr geheimnisvoll, aber auch sehr offenherzig und zutraulich: »Sie heißt eigentlich Mama.« Ähnliche Antworten gab auch das Mädchen. Die Leute mußten es also der Zeit überlassen, dieses Geheimnis zu enthüllen.

2. »Gottlob, nun sind doch einmal die Hühner da!«

Einmal kam der alte Diener, der Kuno hieß, wieder von einer Reise heim, und trug einen Hühnerstall auf dem Rücken. In dem Stalle waren ein Hahn und einige Hennen. Als die Kinder im Tale den alten Mann kommen sahen, liefen sie alle zusammen; denn er brachte ihnen immer etwas mit – weißes Brot, Mandelkerne und Zibeben, ein Pfeifchen, ein Glöcklein für ihre Ziegen oder sonst eine Kleinigkeit.

Diesmal waren die Kinder sehr neugierig, was denn in dem vergitterten Kästchen sei, das fast ganz mit Tuch bedeckt war, so daß man nicht recht hinein sehen konnte. Sie begleiteten ihn bis vor die Türe der Frau, die mit ihren zwei Kleinen sogleich freudig heraus kam und ihn grüßte. »Gottlob«, rief das kleine Fräulein und klatschte in die Hände, »nun sind doch einmal die Hühner da!«

Der Mann stellte den Kasten nieder, öffnete das Türchen, und da kam denn zuerst ein prächtiger Hahn heraus. Die Kinder erstaunten. »Was für ein sonderbarer Vogel das ist!« riefen sie; denn wie man ihn heiße, wußten sie noch nicht. »In unserm Leben haben wir noch keinen so schönen Vogel gesehen! Was er für eine schöne Krone auf dem Kopfe hat, noch schöner rot, als Kornblumen; und wie wunderschön bräunlich und gelblich seine Federn schimmern, noch schöner als reifes Getreide in der Abendsonne; und wie wunderlich er den Schweif trägt, fast wie eine Sichel gekrümmt!« Auch die Hennen gefielen ihnen sehr wohl. Es waren ein paar schwarze mit hochrotem Kamme, ein paar weiße mit Schöpfen und ein paar rötlichbraune ohne Schweif. Die Frau streute den Hühnern einige Hände voll Haferkörner hin. Die

Hühner pickten sie geschäftig hinweg, und die Kinder standen und knieten im Kreise umher, und sahen mit vergnügten Gesichtern zu.

Als der Hafer aufgefressen war, da schwang der Hahn die Flügel und krähte – – und alle Kinder lachten laut zusammen, so freuten sie sich darüber. Und im Heimwege schrien die Knaben alle: »Kikiriki« und die Mädchen machten es ihnen wohl auch nach, aber doch nicht gar so laut. Als die Kinder heimkamen, erzählten sie von den Wundervögeln, die viel größer seien, als die Ringeltauben, ja wohl größer, als die Raben, und wie sie so schöne Farben hätten, noch viel schöner, als alle Vögel im Walde. »Und«, sagte die kleine Marie, Marthas gesprächiges Schwesterlein, »wie sie so ein rotes Käpplein auf dem Kopfe tragen, wie es bisher noch bei keinen Vögeln des Waldes gebräuchlich gewesen.« Auch die Eltern wurden neugierig und kamen, die fremden Vögel zu sehen, und waren nicht weniger darüber verwundert.

Nach einiger Zeit ließ sich eine der Hennen zum Brüten an. Martha mußte die Henne täglich füttern. Die Frau zeigte einmal den Kindern aus dem Tale das Nest, und die Kinder wunderten sich alle laut über die Menge von Eiern. »Fünfzehn Eier!« riefen sie, »die Holztauben legen nur zwei, andere Vögelein nur fünf Eier. O, wie wird die Henne so viele Junge auffüttern!«

Da die Jungen anfingen auszukriechen, wollte die Frau den Kindern eine Freude machen und ließ sie rufen. Es kamen aber, da es eben Feiertag war, auch viele große Leute mit. Die Frau zeigte ihnen ein aufgepicktes Ei. O wie freuten sie die Kinder, als das junge Hühnlein so geschäftig pickte, herauszukommen. Die Frau half ihm vollends heraus. Nun war die Verwunderung noch größer, daß das kleine Vögelein schon über und über so schöne gelbe Flaumfederlein habe, so munter aus den schwarzen Äuglein blicke, und sogleich davon laufen könne, da doch andere junge Vögelein nackt, blind und ganz hilflos zur Welt kämen. »Das ist doch etwas Unerhörtes!« sagten die Kinder; »solche Vögel gibt es in der ganzen Welt nicht mehr.«

Als die schöne, glänzend schwarze Glucke mit dem purpurroten Kamme, in Mitte ihrer fünfzehn gelbhaarigen Jungen, das erste Mal auf den grünen Rasen herausschritt, da war die Freude der Kinder und Eltern gar über alle Weise. »Schöneres kann man doch nicht sehen!« sagte ein Köhler. »Und horcht nur«, sprach eine Köhlerin, »wie die Alte den Jungen lockt, und wie die kleinen Dingerchen den Ruf verstehen, und sogleich folgen. Es wäre zu wünschen, daß ihre Kinder auch immer so auf den Ruf ginget!«

Ein Knabe wollte ein neuer Hühnlein fangen, um es näher zu betrachten. Das kleine Dingelchen schrie aber kläglich, und auf das Geschrei schoß die Alte plötzlich und mit weitgeöffneten Flügeln herbei, und flog dem Knaben, der heftig erschrack und jammernd um Hilfe rief, auf den Kopf. Sie hätte ihm wohl die Augen ausgekratzt, wenn er das Junge nicht augenblicklich wieder hätte laufen lassen. Der Vater schmähte den Knaben, und die Mutter sagte: »Wie das treue Tier sich seiner Jungen so eifrig annimmt! Menschen könnten sogar von ihm lernen.«

Wann die Henne nur einen guten Bissen fand, so erhob sie sogleich ein Geschrei, und die Jungen eilten alle zusammen. Die Alte zerhackte ihn zuerst mit ihrem Schnabel, und legte ihnen gleichsam vor. Jedermann wunderte sich, daß so junge Tierchen, die nicht viel über einen Tag alt waren, nicht nur sogleich laufen, sondern auch schon fressen konnten.

Da jetzt die Sonne sich etwas unter die Wolken verbarg, so sammelten sich alle Jungen unter die Alte, und versteckten sich da, um sich zu wärmen. »Das ist noch das allerschönste«, sagten die Leute. »Es ist gar artig und munter, wie hie und da ein Köpfchen unter den Flügeln der Henne hervorsieht, oder sich ein Junges hervorwagt, und sogleich wieder an einer andern Stelle unter sie hineinkriecht.«

Der Müller, der in seiner weißbestäubten Kleidung in Mitte der schwarzen Köhler sich gar sonderbar ausnahm, aber auch an Einsicht sich eben so vor ihnen auszeichnete, sprach: »Was das doch für ein Wunderding mit diesen fremden Vögeln ist! Gott offenbart sich uns zwar überall in seinen Werken; aber wenn wir etwas Ungewöhnliches sehen, fällt uns seine Allmacht, Weisheit und Güte doch noch mehr in die Augen. Bedenkt nur, wie gut es ist, daß diese kleinen Vögelein sogleich laufen und fressen können; wenn die Alte so vielen Jungen das Futter im Schnabel zutragen müßte, wie eine Schwalbe, da würde sie nicht fertig! Wie gut ist's, daß schon die Natur der Jungen so ist, der Alten nachzulaufen und ihrer Stimme zu folgen. Liefen sie, weil sie doch auf der Stelle laufen können, sogleich auseinander, die Alte könnte sie nicht mehr zusammenbringen, und die Jungen gingen verloren. Besonders wundert mich aber, wo die Henne den Mut hernimmt, ihre Jungen so tapfer zu verteidigen! Habe ich mich doch oft schon über die Hühner geärgert, und sie dumme Tiere gescholten, weil sie allemal, so oft ich an ihnen vorbeiging, vor Furcht scheu auseinander flogen, obwohl sie längst merken konnten, daß ich ihnen nichts zu leid tue. Und nun ist die Natur der Gluckhenne ganz verändert, und sie setzt sich gegen einen Mann zur Wehre. Oft hat es mich ergötzt, wie die Hennen um einen Bissen Brod zanken, oder wie diejenige, die ein größeres Bröcklein fand, so neidisch ist, und sogleich davon läuft, und wie die andern ihr nachlaufen, und es ihr nehmen wollen. Jetzt aber hat diese Henne ihre Gefräßigkeit ganz abgelegt, und ruft den Jungen selbst, und rührt nichts an, bis alle satt sind. Ich glaube, das gute Tier stürbe lieber selbst Hungers, als daß sie eines ihrer Jungen verhungern ließe. Diese zärtliche Sorgfalt, mit der die Henne ihre zarten Jungen umherführt, Futter für sie aufsucht, sie ernährt, sie beschützt, sie unter ihren Flügeln wärmt, hat Gott dem Tiere eingepflanzt. So zärtlich ist Gott für diese jungen Hühnlein besorgt! Und wie sollten nun wir verzagen? Sollte er nicht noch mehr für uns besorgt sein? Freilich sorgt er noch mehr für uns. Darum nur guten Mut, liebe Leute! Gott macht alles wohl. Er sorgt für alle seine Geschöpfe, am meisten aber für den Menschen, der in seinen Augen mehr ist, als alle Hühner und alle anderen Vögel in der ganzen Welt.«

3. »Jetzt gibt es Eier im Überfluß.«

Weil die guten Leute im Tale gegen die fremde Frau immer gar so gefällig gewesen, so war sie schon lange darauf bedacht, ihnen auch wieder eine Freude zu machen, und ihnen ihre ärmliche Haushaltung zu erleichtern. Die gute Frau hatte daher Eier und junge Hühner sehr geschont, und da sie nun einen schönen Vorrat von Eiern und auch mehrere bereits erwachsene Hühner beisammen hatte, schickte sie Martha ins Tal, alle Hausmütter auf den morgigen Tag, der ein Sonntag war, zu einem ländlichen Mittagessen einzuladen. Sie kamen mit Freuden und in ihrem schönsten Aufputze. In dem kleinen Gärtchen hatte der alte Diener einen ländlichen Tisch mit einigen Bänken bereitet. Hier mußten sie Platz nehmen.

Martha brachte hierauf einen großen Korb voll Eier. Sie waren alle so reinlich, daß man kein Flecklein daran sah, und so weiß wie Schnee. Die Kohlenbrennerinnen erstaunten, und wunderten sich nicht wenig über die Menge von Eiern. »Gottlob!« sagte die Frau, »jetzt gibt es Eier im Überfluß, und es ist allerdings ein schöner Anblick, so viele reinliche Eier beisammen zu sehen. Nun will ich euch aber auch zeigen, wie man sie in der Haushaltung benützen kann.«

In einer Ecke des Baumgärtchens, unten an einem Felsen war Feuer angemacht. Eine große Pfanne voll Wasser hing über dem Feuer. Die Frau schlug zuerst ein Ei auf, um zu zeigen, wie es innen aussehe, bevor es in das heiße Wasser komme. Alle betrachteten mit Aufmerksamkeit die schöne, kristallhelle Feuchtigkeit, in der gleich einer gelben Kugel der Dotter schwamm. Nun wurden so viele Paar Eier, als es Gäste waren, weich gesotten. Auf dem Tische war Salz und weißes, länglich geschnittenes Brot in Bereitschaft. Die Frau lehrte sie die Eier öffnen, und nun wunderten sich alle, wie das Durchsichtige des Eies so schön weiß wie Milch aussah, und eben so, wie das Gelbe, fester geworden. Alle lobten, indem sie nach Anweisung der Frau die Eier mit dem Brote austunkten, die treffliche Speise. »Da hat man«, sagten sie, »Geschirr und Speise sogleich beisammen. Und wie schön und reinlich, wie lieblich weiß und gelb alles aussieht! Wie schnell, ohne Kunst, ohne allen Aufwand ein Ei gekocht ist. Auch für Kranke könnte man nicht leicht eine wohlfeilere und nahrhaftere Speise finden.«

Die Frau schlug hierauf Eier in heißes Schmalz. Dieses war für die Köhlerinnen wieder eine neue Erscheinung. »Wie das Gelbe so schön vom Weißen umgeben ist«, sagten sie, »wie bei den großen weißen und gelben Wiesenblumen, die man Ochsenaugen nennt.« Die Eier wurden nach und nach auf grünen Spinat gelegt, der in einer großen flachen Schüssel bereit stand, und auch diese Speise wurde von allen gelobt. So machte die Frau noch andere Eierspeisen, und unterrichtete die Köhlerinnen, wie die Eier nicht nur an und für sich eine gesunde Speise seien, sondern mit noch größerem Vorteil zur bessern Bereitung anderer, und besonders der Speisen von Mehl benützt werden können.

Zuletzt wurde schöner grüner Ackersalat aufgetragen. Kuno brachte ein Teller voll Eier, die schon früher hart gesotten worden, damit sie indes wieder kalt würden. Der fröhliche Alte ließ aus Scherz die Eier fallen, daß sie auf dem steinigen Boden herumrollten. Die Köhlerinnen am Tische erschracken, daß sie laut aufschrien. Sie meinten, die Eier würden ausfließen. Aber wie wunderten sich alle, als die Frau die Schalen rein ablöste, und jedes Ei so durchaus hart erschien, daß es sich schneiden ließ. Die Sache schien ihnen ein Wunder. Indes sagte ihnen die Frau, wie man die Eier hart siede, und legte die zierlich geschnittenen Eier auf den Salat, und auch der Salat schmeckte den Gästen sehr gut.

Nachdem die Mahlzeit geendet war, verteilte die Frau einige Hähne und mehrere Hennen unter die Hausmütter. Sie sagte ihnen, daß die Hennen während des Jahres hundert, bis hundert fünfzig Eier lege. »Über hundert Eier!« riefen alle erstaunt. »Welch ein großer Nutzen in der Haushaltung!« Die guten Hausmütter brachten mit den Hühnern eine große Freude ins Tal. In allen Hütten war Jubel. Alle Leute im Tale segneten die Frau, und dankten Gott für so schöne, wohltätige Geschenke.

Die Hühner waren lange Zeit das tägliche Gespräch. Immer bemerkten die Leute noch etwas Neues daran, das ihnen sehr wohl gefiel und zugleich nützlich war. Die Eigenschaft, daß der Hahn morgens krähe, war den Hausvätern besonders lieb. »Er verkündet so«, sagten sie, »den nahen Tag, und fordert die Menschen auf, an ihr Tagwerk zu gehen. Es ist ein ganz neues Leben im Tale, wann am Morgen die Hähne so zusammen krähen, und man geht ordentlich munterer an die Arbeit!« – »Freilich wohl!« sagte der Müller. »Wann der Hahn aber gegen Mitternacht das erste Mal kräht, so ruft er den lustigen Gesellschaften mit lauter Stimme zu, jetzt sei es die höchste Zeit, sich zur Ruhe zu begeben!«

Den Hausmüttern gefiel es noch besonders, daß die Henne es gackernd ankündete, wenn sie ein Ei gelegt hatte. Allemal war Freude im Hause, wenn sie sich hören ließ. »So weiß man es doch gleich«, sagten sie, »und man kann das nützliche Geschenk sogleich in Empfang nehmen.«

Hausväter und Hausmütter sagten oft untereinander: »Diese Vögel sind wahrhaftig von Gott recht eigentlich zu Haustieren geschaffen. Sie halten sich so treulich an das Haus, entfernen sich nie weit davon, kommen, sobald man ihnen lockt, sogleich alle zurück, ja, sie gehen am Abende von selbst heim, und warten an der Haustüre oder an den Fenstern, bis man sie hereinlasse. Nicht nur bringen sie in der Haushaltung einen großen Nutzen; ihr Unterhalt kostet auch sehr wenig. Sie nehmen mit Kleie, mit dem Abfalle vom Gemüse, und mit andern schlechten Dingen vorlieb, die man im Hause sonst nicht weiter benützen könnte. Ja sie gehen vom Morgen bis Abend außerhalb des Hauses überall umher, und scharren und suchen ihr Futter selbst auf. Viele tausend Körnlein, die besonders zur Erntezeit und bei dem Dreschen verloren gingen, kommen so noch dem Menschen zu gut. Die Hennen lesen sie fleißig auf, und geben uns Eier dafür. Die ärmste Witwe, die sonst kein Haustier halten könnte, vermag doch noch eine Henne zu kaufen und zu füttern, und das tägliche Ei ist ein tägliches Almosen für sie.«

Auch die zwei Kinder der Frau sahen nun ein, woran sie im Überflusse nie gedacht hatten, was die Eier für wohltätige Geschenke Gottes seien. O wie froh waren sie, als sie hie und da morgens ein Ei in Milch essen konnten! Wie gut fanden sie nun manche Mehlspeise, die ihnen vorhin nicht recht genießbar schien, weil das Ei daran fehlte. Wie sehr dankten Sie Gott dafür!

4. Das Fest der gefärbten Eier, ein Kinderfest

Inder gingen Sommer und Herbst vorüber, und der Winter kam. Er war, zumal in dieser rauhen Gegend, sehr hart. Die kleinen Hütten im Tale lagen Monate lang, wie im Schnee vergraben. Nur die rauchenden Kamine und zum Teil auch die Dächer schauten noch aus der weißen Hülle hervor. Von dem Hohlwege zwischen den Felsen herauf sah man gar nichts mehr. Die Mühle stand still, und die Wasserfälle hingen starr und geräuschlos an den Felsen da. Man konnte nur wenig zusammen kommen. Desto größer war die Freude, als der Schnee schmolz und es nun wieder Frühling ward.

Die Kinder aus dem Tale kamen sogleich wieder herauf, und brachten den beiden fremden Kindern, Edmund und Blanda, die ersten blauen Veilchen und gelben Schlüsselblümchen, die sie im Tale finden konnten. Ja, sie flochten ihnen, sobald es mehrere dieser holden Frühlingsblümchen gab, die schönsten blauen und gelben Kränze. »Und muß«, sagte die edle Frau, »den guten Kindern doch auch eine Freude machen. Ich will ihnen auf den kommenden Ostertag ein kleines ländliches Kinderfest geben. Denn es ist gar schön, daß man solche Festtage den Kindern, so gut man nur immer kann, zu Freudentagen mache. Aber was soll ich ihnen geben? Auf Weihnachten konnte ich sie mit Äpfeln und Nüssen beschenken, die ich für sie hatte bringen lassen. Allein zu dieser Jahreszeit hat man nichts im Hause, als etwa ein Ei. Noch bringt die Natur nichts hervor, das zu genießen wäre. Alle Bäume und Sträuche stehen ohne Früchte und Beeren. Eier sind die ersten Geschenke der wieder auflebenden Natur.«

»Aber«, sagte Martha, »wenn die Eier nur nicht so ganz ohne alle Farben wären! Weiß ist wohl auch schön. Allein die allerlei

Farben der Früchte und Beeren, zumal die schönen roten Wangen der Äpfelein, sind doch noch schöner.«

»Du bringst mich da auf einen Einfall«, sagte die gute Frau, »der nicht gar übel sein mag. Ich will die Eier hart sieden, und sie, was sich während des Siedens leicht tun läßt, zugleich färben. Die mancherlei Farben machen den Kindern gewiß große Freude.«

Die verständige Mutter kannte verschiedene Wurzeln und Moose, die man zum Schönfärben brauchen kann. Sie färbte nun die Eier auf verschiedene Art. Einige wurden schön himmelblau, andere gelb wie Zitronen, andere so schön rot wie das Innere der Rosen. Einige hatte sie mit zarten grünen Blättchen eingebunden, die sich dann auf den Eiern abbildeten, und ihnen ein unvergleichlich schönes buntes Aussehen gaben. Auf einige schrieb sie auch einen kleinen Reim.

»Die gefärbten Eier«, sagte der Müller, als er sie erblickte, »sind gerade recht für das Fest, wo die Natur ihr weißes Kleid abgelegt hat, und sich mit allerlei Farben schmückt. Die gute Mutter macht es gerade wie der liebe Gott, der uns nicht nur schmackhafte Früchte gibt, sondern sie auch noch für das Auge schön und freundlich macht. Wie er die Kirsche rot, die Pflaume blau, die Birne gelb färbt, so macht sie es mit den Eiern.« Die Frau schickte hierauf Martha hinab in das Tal, und ließ die Kinder, die mit Edmund und Blanda ungefähr im gleichen Alter waren, auf den heiligen Ostertag zu einem kleinen Kinderfeste einladen.

Der Ostertag war dieses Mal ein überaus schöner Frühlingstag – ein wahrer Auferstehungstag der Natur. Die Sonne schien so schön und warm, der Himmel war so rein und blau, daß es eine Lust war, und alles neues Leben fühlte. Die Wiesen im Tale waren bereits schön grün, und hie und da schon bunt von Blumen. Jedermann freute sich, und man sah überall nur fröhliche Gesichter.

Schon lange vor Anbruch der Morgenröte hatten die Frau und der alte Kuno sich auf den Weg zur Kirche gemacht, die über zwei Stunden weit entfernt, jenseits mehrerer Berge lag. Edmund und Blanda mußten indes unter Marthas Aufsicht zu Hause bleiben. Die Väter und Mütter aus dem Tale, und die größeren Kinder, die so weit gehen konnten, zogen auch mit dahin. Gegen Mittag kam die Frau mit Hilfe des Maultieres, das Kuno führte, wieder zurück; die übrigen Leute aber kamen mit ihren Kindern erst lange nach Mittag, oder gar erst gegen Abend nach Hause.

Sobald die Frau angelangt war, eilten die eingeladenen Kinder, die man daheim gelassen hatte, und die sehnlich auf die Zurückkunft der Frau warteten, voll Freude und in ihren schönsten Kleidern aus dem Tale herauf, und versammelten sich vor der Haustüre der Frau. Die Frau kam mit Edmund und Blanda heraus, grüßte die versammelten Kinder freundlich, und ging mit ihnen in den Garten am Hause, den Kuno im vorigen Jahre mit vieler Mühe sehr verschönert und bis an die nächste Felsenwand erweitert hatte. Die Frau setzte sich auf die kleine Bank unter einem Baume, rief die Kinder näher zu sich her, und alle drängten sich zu ihr, und blickten freudig und freundlich lächelnd zu ihr auf.

»Nun, meine lieben Kinder!« sprach sie, »wißt ihr auch, warum der heutige Tag ein so großes Freudenfest für uns ist?« – »O ja«, riefen die Kinder, »weil Jesus Christus vom Tode auferstanden ist.« – »Könnt ihr aber auch erzählen«, fragte sie, »wie das zugegangen ist. Ihr wißt, er ist aus Liebe zu uns gestorben, und wurde begraben. Was geschah nun weiter?«

Marthas Schwesterchen blickte in dem Garten umher, und dann auf die Felsenwand hin, und sagte: »Sein Grab war auch in einem Garten und es war in einen Felsen eingehauen. Das Grab wurde mit einem großen, hohen Steine, wie mit einer Türe, verschlossen. Jesus hatte vorausgesagt, in drei Tagen werde er wieder vom Tode auferstehen. Die Leute wollten es ihm aber nicht glauben; allein er hat doch Wort gehalten. Nun, was geschah? Die heiligen Engel erschienen, wie einst bei seiner Krippe, bei seinem Grabe. Am

Morgen des dritten Tages kam ein Engel von dem Himmel herab, und wälzte den Stein weg von dem Grabe. Sein Kleid war weiß, wie Schnee, und ein Glanz umgab ihn, viel heller als der Blitz. Noch andere schöne, glänzende Engel erschienen. Und Jesus Christus ging neulebendig, schöner und herrlicher, als alle Engel, aus dem Grabe hervor. Wie die frommen Hirten ehemals zur Krippe Jesu gekommen sind, so besuchten fromme Frauen sein Grab; und wie ein Engel den Hirten die große Freude verkündet hatte, Christus sei geboren, so verkündeten die Engel am Grabe den trauernden Frauen die eben so große Freude, er sei auferstanden. »Was sucht ihr den Lebenden unter den Toten?« sagte der Engel; »er ist nicht mehr hier; er ist auferstanden, wie er es vorhergesagt hat.«

»Nun wohl«, sprach die Frau, »du hast das, was ich dir und meiner Blanda und meinem Edmund hier erzählt habe, gut gemerkt. Nun will ich weiter erzählen. Nachdem die Engel verschwunden waren, offenbarte Jesus Christus selbst sich zuerst einer der frommen Frauen, die allein zu dem Grabe in den Garten gekommen waren. Anfangs erschien er ihr, um sie nicht zu erschrecken, als ein Gärtner, gab sich ihr aber dann sogleich zu erkennen, nannte mit seiner, ihr bekannten, liebreichen Stimme sie freundlich mit ihrem Namen: »Maria!« und sie rief voll Erstaunen und Freude: »O mein Lehrer!« und fiel anbetend auf ihre Knie, und fühlte sich so selig, als wäre sie im Paradiese.«

»Die übrigen Frauen kehrten, hocherfreut über die Freudenbotschaft, er sei auferstanden, von dem leeren Grabe zurück. Wie sie nun an dem lieblichen Frühlingsmorgen der Stadt zu gingen, da kam Jesus ihnen entgegen, und sagte freundlich zu ihnen: »Seid gegrüßt!« Sie erkannten ihn und fielen vor ihm auf die Knie, und umfaßten voll Freude und Anbetung seine Füße.«

»Zwei seiner Jünger wollten nach einem Flecken gehen, der Emaus hieß. Sie waren recht traurig, und redeten von nichts, als von seinem Tode. Da gesellte er sich, unter der Gestalt eines fremden Wanderers, zu ihnen und legte ihnen die heilige Schrift aus, in der es vorhergesagt worden, daß Christus leiden und sterben, und wieder vom Tode auferstehen mußte. Sie baten ihn, als sie bei ihrer Wohnung ankamen, bei ihnen zu übernachten, weil es schon Abend war. Er kehrte bei ihnen ein, setzte sich mit ihnen zu Tisch, gab sich ihnen bei dem Brotbrechen zu erkennen – und verschwand. Und ihr ganzes Herz glühte von Freude und Anbetung.«

»Die Apostel hatten sich, aus Furcht vor den Mördern Jesu, in einen Saal eingeschlossen. Da stand er auf einmal in ihrer Mitte und sagte zu ihnen: »Der Friede sei mit euch.« Sie aber erschracken und meinten einen Geist zu sehen. Er aber zeigte ihnen seine Wundenmale und ging so vertraulich mit ihnen um, wie ehemals vor seinem Tode. Sie erkannten nun, er sei es wirklich, und hatten eine Freude, die sich gar nicht aussprechen läßt.«

»Einer der Apostel, Namens Thomas, war nicht dabei gewesen. Er glaubte es den Aposteln nicht, daß Jesus Christus auferstanden sei, und daß sie ihn gesehen hätten. Als die Apostel nun wieder in dem Saale versammelt waren und Thomas bei ihnen war, stand Jesus wieder plötzlich in ihrer Mitte – und Thomas fiel anbetend vor ihm nieder und rief: »Mein Herr und mein Gott!« – –

»Jetzt«, sprach die Frau, »muß ich euch noch sagen, warum auch wir uns von ganzem Herzen freuen sollen, daß Jesus Christus vom Tode auferstanden ist.«

»Jesus Christus hat durch seine Auferstehung uns gezeigt, daß der Vater im Himmel ihn in diese Welt gesandt hat, uns Menschen das ewige Leben zu geben. Jesus gab uns den schönsten und einfachsten Beweis von einem Leben nach dem Tode! Er ging lebend aus dem Grabe hervor, und zeigte sich so als den Überwinder des Todes. Und was könnte für uns Menschen, die wir alle sterben müssen, tröstlicher und erfreulicher sein, als die Hoffnung eines neuen ewigen Lebens nach dem Tode, das Jesus uns verheißt! Wie er seinen Jüngern vorhergesagt hat, er werde auferstehen, und wie dieses geschah; so hat er auch vorhergesagt, daß wir auferstehen werden, und auch dies wird geschehen. Er konnte mit Wahrheit sagen: »Ich bin die Auferstehung und das Leben; wer an mich glaubt, wird leben, wenn er gleich gestorben ist.« – »Ja, wahrlich«, sprach er, »Ich sage euch, es kommt die Stunde, da alle, die in den Gräbern ruhen, die Stimme des Sohnes Gottes hören, und hervor gehen und leben werden.«

»Alles, was ihr, meine lieben Kinder, zu dieser schönen Frühlingszeit hier im Garten und dort im Tale und auf den Bergen umher nur immer erblickt, bestätigt das, was Jesus Christus von der Auferstehung und einem neuen Leben gesagt hat. Schaut nur einmal um euch! Seht, die Bäume dort standen dürr, ohne Laub, und wie erstorben da; nun leben sie neu auf, und schmücken sich mit frischen, grünen Blättern. Tausend schöne, bunte Schmetterlinge und mancherlei niedliche Käferchen, die früherhin, unansehnlichen Würmern ähnlich, nur auf Blättern umher kriechen konnten, sich dann in die Erde verscharrten, kommen jetzt beflügelt und als neue Geschöpfe aus diesen ihren Gräbern hervor, und freuen sich ihres neuen Lebens. Die Blumen da auf den Gartenbeeten kommen aus der dunklen Erde hervor; auch sie sind auferstanden! Auf diese Wunder der Natur aufmerksam zu sein, hat selbst Jesus Christus uns gelehrt – in dem schönen Gleichnisse von dem Weizenkörnlein, das in die Erde gelegt wird, und da verweset, und dann als eine schöne reiche Ähre sich aus der Erde erhebt. Jede Kornähre, jede Blume, jedes Gräslein ruft uns gleichsam zu: »Ich bin erstanden; so wirst auch du, o Mensch, der du in das Grab gelegt wirst, wieder auferstehen.«

Die Frau sagte noch weiter: »Da sehe ich unter auch, meine lieben Kinder, zwei Geschwister in schwarzen Kleidern, einen Knaben und ein Mädchen, denen vor wenigen Tagen ihre Mutter gestorben ist. Ach, wie schmerzlich habt ihr beide geweint, als ihr es so habt mit ansehen müssen, wie man eure liebe Mutter begraben hat! Da ich nur davon rede, kommen euch wieder die Tränen in die Augen. Aber seid getrost, ihr gute Kinder! Auch eure liebe, fromme Mutter wird wieder auferstehen. Wie die Jünger und Jüngerinnen Jesu, die über den Tod ihres geliebten Herrn und Heilandes voll Traurigkeit waren, ihr wieder gesehen haben, und eine unbeschreibliche Freude hatten, so werdet auch ihr dereinst eure liebe Mutter wiedersehen, ihr freundliches Angesicht, nicht mehr vom Tode entstellt, sondern von himmlischer Schönheit verklärt, wieder erkennen, und auch eure Freude wird unaussprechlich groß sein. O weinet daher nicht mehr! Trocknet eure Tränen, und laßt uns fröhlich sein! Denn es ist eine Auferstehung, ein ewiges Leben! Wir wollen uns darüber freuen, und Gott loben und preisen. Alle frommen Christen auf der weiten Erde singen heute voll Freude: »Alleluja! Lobet den Herrn!« In diesen Freudenruf wollen auch wir miteinstimmen, und freudig rufen: »Alleluja!«

»Doch«, sprach die Frau und stand auf, »nun kommt mit mir!« Sie führte die Kinder zur Felsenwand, wo Kuno auf einem zierlich mit feinem Kiese bestreuten Grunde, einen großen länglich runden Tisch aufgestellt hatte. Der Tisch war mit einem farbigen Teppiche belegt. Rasensitze von jungem, frischen Grün umgaben ihn. Die Kinder setzten sich rings um den Tisch, und mitten unter ihnen Edmund und Blanda. Alle sahen freundlich und fröhlich aus den Augen, und waren voll Erwartung der Dinge, die da kommen würden. Es war wirklich ein ungemein lieblicher Anblick, den schönen Kreis von gelb- und braunlockigen Köpfchen und alle die blühenden Gesichter zu sehen. »So schön ist kein Blumenkranz«, sagte die Frau bei sich selbst, »und wäre er auch aus den schönsten Rosen und Lilien gewunden.«

Nun wurde eine große irdene Schüssel voll heißer Milch aufgetragen, darein Eier geschlagen waren. Jedes Kind hatte ein neues irdenes Schüsselchen vor sich stehen. Jedes bekam nun seinen Teil, und ließ sich's trefflich schmecken. Hierauf führte die Frau die Kinder durch eine Seitentüre des Gartens in das kleine Tannenwäldchen, das an den Garten stieß. Zwischen den jungen Tannen waren hie und da schöne grüne Rasenplätze. Die Frau sagte den Kindern, jedes solle aus Moos, mit dem die Felsen und Bäume umher reichlich bewachsen waren, ein kleines Nestchen machen. Sie gehorchten mit Freude. Denjenigen Kindern, die nicht zurecht kommen konnten, mußten die geschickteren helfen. Jedes mußte sich sein Nestchen wohl merken.

Nun kehrte die Frau mit den Kindern wieder in den Garten zurück. Aber sieh! da erblickten sie auf dem Tische einen großen Kuchen von Eierbrot, der wie ein großer gewundener Kranz gestaltet war. Jedes bekam ein großes Stück Kuchen. Indes nun die Kinder aßen, schlich Martha mit einem großen Korbe voll gefärbter Eier heimlich in das Wäldchen, und verteilte die Eier in die Nestchen, und die blauen, roten, gelben oder bunten Eier nahmen sich in den zierlichen Nestchen von zartem, grünlichem Moose ungemein schön aus.

Nachdem die Kinder genug gegessen hatten, sagte die Frau: »Nun kommt, jetzt wollen wir nach den Nestchen sehen.« In jedem Nestchen lagen fünf gleichfarbige Eier, und auf einem derselben stand ein Reim. Was da die Kinder für ein Freudengeschrei erhoben! Die Freude und der Jubel gingen über alle Beschreibung – »Rote Eier! Rote Eier!« rief das eine, »in meinem Nestchen sind lauter rote Eier.« – »Und in dem meinigen sind blaue«, rief ein anderes, »o alle so schön blau, wie jetzt der Himmel.« – »Die meinigen sind gelb«, schrie ein drittes, »noch viel schöner gelb, als die Schlüsselblümchen, oder der hellgelbe Schmetterling, der dort fliegt.« – »Die meinigen«, rief das vierte, »haben gar alle Farben!« – »O das müssen wunderschöne Hühner sein«, rief ein kleiner Knabe, »weil sie so schöne Eier legen. Diese möchte ich einmal sehen.«

»Ei«, sagte Marthas Schwesterchen, »die Hennen legen freilich keine so schönen Eier. Ich glaube gar, das Häschen hat sie gelegt, das aus dem Wacholderbusche heraussprang und davon lief, als ich dort das Nestchen bauen wollte.« Und alle Kinder lachten zusammen, und sagten im Scherze, »der Hase lege die bunten Eier.« Dieser Scherz hat sich in manchen Gegenden bis auf unsere Zeiten erhalten.

»O wie mit wenigem«, sagte die Frau, »kann man den Menschen eine große Freude machen! Wer sollte nicht gern geben, indem ja Geben seliger ist, als empfangen! – Wer doch noch ein Kind sein könnte! Eine solche Freude empfinden unter den Erwachsenen nur diejenigen, die ihr Herz rein und schuldlos bewahrten. Nur diese leben noch in dem Paradiese der Kindheit – diesem Gottesreiche schuldloser Freude.«

Nun machte die Frau den Kindern wieder eine andere Unterhaltung. Manches Kind, das nur blaue Eier bekam, hätte gern auch ein rotes oder gelbes gehabt. Denen, mit den roten, gelben oder bunten Eiern ging es eben so. Die Frau sagte daher den Kindern, sie sollten miteinander tauschen. Nur das Ei mit dem Sprüchlein durfte nicht vertauscht werden. Das war jetzt eine neue Freude, da jedes Kind auf diese Art Eier von allen Farben erhielt. »Seht«, sagte die Frau, »so muß man einander aushelfen. Wie es mit den Eiern hier ist, so ist es mit tausend andern Dingen. Gott teilte seine Gaben so aus, daß die Menschen einander davon wechselweise mitteilen können und so einander Freude machen und einander lieb gewinnen sollen. Möchte doch jeder Tausch oder Kauf, wie euer kleiner Eierhandel beschaffen sein, daß immer beide Teile gewinnen und keiner verliere.«

Der kleine Edmund las seinen Reim. Ein Köhlerknabe war darüber voll Erstaunen. Denn damals gab es noch wenig Schulen, und mancher Erwachsene wußte kaum, daß es um das Lesen und Schreiben etwas Schönes und Nützliches sei. Der Köhlerknabe wollte nun sogleich wissen, was denn da auf *seinem* Ei geschrieben stehe. »O, ein unvergleichlich schönes Sprüchlein!« sagte die Frau. »Höre einmal: *Für Speis und Trank dem Geber dank!*« Sie fragte die Kinder, ob sie dieses immer getan hätten? Jetzt fiel es ihnen erst ein, Gott für die fröhliche Mahlzeit und die schönen Eier zu danken, was sie denn nach Anleitung der Frau auch sogleich von Herzen taten.

Nun wollte aber jedes Kind wissen, was auf seinem Ei stehe. Alle drängten sich um die Frau. Alle die kleinen Händchen, und in jedem der Händchen ein Ei, waren gegen sie ausgestreckt. Alle riefen, wie mit einem Munde: »Was steht auf meinem? Was auf meinem? Wie heißt meines? O, mein Sprüchlein zuerste lesen!«

Die Frau mußte Friede machen, und die Kinder in einen Kreis stellen. Jetzt las sie in der Reihe herum ein Sprüchlein nach dem andern. Jedes Kind war voll Begierde zu wissen, wie sein Reimlein heiße. Alle horchten auf die Frau, und wandten kein Auge von ihr, wenn sie wieder ein Sprüchlein las.

Die Reimlein bestanden nur immer aus einigen Wörtchen. Alle zusammen, sowohl auf den Eiern, die sie jetzt, als auf jenen, die sie nachher noch austeilte, waren ungefähr folgende Reime:

Nur eins ist not,
Kind, liebe Gott!

Gott sieht dich, Kind,
Drum scheu' die Sünd'.

Für Speis' und Trank
Dem Geber dank.

Ein dankbar Herz
Flammt himmelwärts.

Vertrau auf Gott,
Er hilft in Not.

Höchst elend ist,
Wer Gott vergißt.

Wer Jesum ehrt,
Tut, was er lehrt.

Gebet und Fleiß
Macht gut und weis'.

Fromm, gut und rein,
Drei Edelstein.

Ein gutes Kind
Gehorcht geschwind.

Beim Eigensinn
Ist kein Gewinn.

Ein reines Herz
Erspart viel Schmerz.

Kind, wirst du rot,
So warnt dich Gott.

Wie Rosen blüht
Ein rein Gemüt.

Bescheidenheit
Das schönste Kleid.

Wer Lügen spricht,
Dem glaubt man nicht.

Die Heuchelei
Ein faules Ei.

Verdientes Brot
Macht Wangen rot.

Unmäßig sein
Bringt Schmach und Pein.

Geiz macht ein Herz
Zu Stein und Erz.

Ein frommer Mann
Hilft, wo er kann.

Zorn, Haß und Neid
Bringt dir nur Leid.

Still, sanft und mild,
Ein goldner Schild.

Geduld im Leiden
Bringt Himmelsfreuden.

Gutsein, nicht Gold,
Macht lieb und hold.

Ein gut Gewissen,
Ein sanftes Kissen.

Wer Gutes tut,
Hat frohen Mut.

Zur Ewigkeit
Sei stets bereit.

Weltlust vergeht,
Tugend besteht.

Den Frommen lohnen
Dort ew'ge Kronen.

Jedes Kind gab sich alle Mühe, sein Reimlein zu merken, und wiederholte es in der Stille immer bei sich selbst, um es nicht zu vergessen.

Die Frau fragte nun in der Reihe herum, ob jedes Kind sein Sprüchlein noch wisse. Hie und da mußte sie ein wenig nachhelfen. Aber bald wußte jedes das seine schön und deutlich zu sagen. Ja, viele merkten auch die Reimlein der übrigen. Nach und nach wußte fast jedes Kind alle Reime auswendig. Wenn man nur das erste Wort nannte, so wußten sie fast allemal das Sprüchlein bis ans Ende zu sagen. Und wenn man die erste Hälfte sagte, so wußten sie die zweite ganz sicher. So viel auf einmal, und so leicht, unter Lust und Lachen, hatten die Kinder noch nie gelernt.

Die Väter und Mütter und die andern Kinder, die indes nach Hause gekommen waren, und den lauten Jubel, der in das Tal hinabscholl, vernahmen, eilten herauf, zu sehen und zu hören, was es denn gebe. Die Kinder sprangen ihren Eltern voll Freude entgegen, zeigten ihnen die Eier und sagten die Reime auf. Die

Eltern waren ganz erstaunt. »So viel«, sagten sie, »lernen ja die Kinder zu Hause kaum in einem halben Jahre auswendig, als hier in einer halben Stunde. Es bleibt doch wahr, »Lust und Lieb' zu einem Ding, macht alle Müh' und Arbeit g'ring.« – »Aber den Kindern Lust zu machen«, sagte der Müller, »das ist das Kunststückchen. Da steckt's! – Das heißt einmal viel gelernt! Das ist ja eine ganze Sittenlehre für Kinder im kleinen. Wie die Frau doch mit Kindern umzugehen weiß!

Die Frau beschenkte nun auch die übrigen Kinder mit bunten Eiern und Kuchen, und sagte noch zu allen: »Die gefärbten Eier mögt ihr zu Hause essen; nur die mit dem Sprüchlein müßt ihr zum Andenken aufbewahren.« – »Die essen wir freilich nicht!« sagten die Kinder. »Die heben wir auf. Das Sprüchlein ist ja mehr wert, als das Ei.« – »Ganz gewiß«, sagte die Frau, »wenn ihr das befolgt, was es euch lehrt.«

Sie ermahnte die Eltern nun, die Kinder bei guter Gelegenheit an die Sprüchlein zu erinnern. Die Eltern taten's. Wenn ein Kind nicht sogleich auf das Wort gehorsamen wollte, erhob der Vater den Finger und sagte: »*Ein gutes Kind*« – und das Kind sprach: – »*gehorcht geschwind!*« und gehorchte dann geschwind. Wenn ein Kind Miene machte zu lügen, sprach die Mutter: »*Wer Lügen spricht*« – und das Kind fuhr fort: »*dem glaubt man nicht!*« errötete und schämte sich zu lügen. Und so machten die Eltern es auch mit den übrigen Reimen.

Die Kinder sagten noch gar oft: »In unserm Leben haben wir keinen so vergnügten Tag gehabt.« – »Nun«, sagte die Frau allemal, »so tut nur fleißig wie es in den Sprüchlein heißt, und dann gebe ich euch alle Jahre ein solches Eierfest. Wer aber böse und nicht folgsam ist, darf nicht dazu kommen. Denn es soll nur ein Fest für gute Kinder sein.« O, wie da die Kinder im Tale so gut und so folgsam wurden!

5. Ein paar Eier – mehr wert, als wenn sie von Gold wären

Unter den Zuschauern, die dem kleinen Kinderfeste beiwohnten, hatte die Frau einen fremden Jüngling bemerkt, der in dem Kreise fröhlicher Menschen ganz traurig dastand. Der Jüngling mochte etwa im sechzehnten Jahre sein. Er war nur sehr ärmlich gekleidet, allein von einem sehr edlen Aussehen und von einer blühenden, unverdorbenen Gesichtsfarbe; seine schönen gelben Haare hingen bis auf die Schultern herab, und in der Hand hatte er einen langen Wanderstab.

Nachdem sich die meisten Zuschauer zerstreut hatte, fragte ihn die Frau voller Mitleids, warum er denn so traurig sei. »Ach«, sprach der Jüngling, und die hellen Tränen standen ihm in den Augen, »mein Vater, der ein Steinhauer war, ist erst vor drei Wochen gestorben. Meiner Mutter geht es nun mit meinen zwei kleinen Geschwistern, einem Knaben und einem Mädchen, sehr hart. Mich will der Bruder meiner Mutter annehmen, und mich das Handwerk des Vaters, das er auch treibt, lehren, damit ich die Mutter erhalten, und mich einmal in der Welt fortbringen könne. Zu diesem reise ich jetzt. Ich komme schon zwanzig Stunden weit her, und habe fast noch einmal so weit zu gehen. Denn der Vetter wohnt weit von hier in einer andern Gegend des Gebirges.«

Die Frau wurde, besonders da ihr eigenes Schicksal dem Schicksale der armen Witwe des Steinhauers in etwas ähnlich war, sehr gerührt. Sie gab ihm Milch mit Eiern und ein Stück Eierkuchen zu essen, und schenkte ihm einiges, seine Mutter damit zu unterstützen. Edmund und Blanda hatten auch großes Mitleiden mit ihm. »Da«, sagte Blanda, »bring' dieses rote Ei deinem kleinen

Schwesterchen, und grüße sie mir recht freundlich.« – »Und«, sagte Edmund, »dieses blaue Ei bringe deinem Brüderchen zum Gruße, und sag ihm, er soll uns einmal heimsuchen! Wir wollen ihm dann auch Milchsuppe und Eierkuchen auftischen.« Die Mutter lächelte, holte noch ein bemaltes Ei, und sagte: »Dieses Ei da gib deiner Mutter. Das Sprüchlein darauf ist der beste Trost, den ich ihr geben kann: *Vertrau auf Gott, er hilft in Not!* und so wird ihr das Ei kein unangenehmes Geschenk sein; ja, wenn sie das Sprüchlein befolgt, so ist es das beste Geschenk von der Welt, das man ihr nur immer machen könnte.«

Der Jüngling dankte herzlich. Der Müller behielt ihn über Nacht, und am andern Morgen, da die Spitzen der Felsen, die das Tal einschlossen, sich röteten, setzte der erfreute Jüngling seinen Stab weiter, nachdem der Müller ihm noch zuvor Haferbrot und Ziegenkäse in seinen Quersack gesteckt hatte.

Fridolin, so hieß der Jüngling, wanderte durch das Gebirg, über hohe Felsen und durch tiefe Täler, rüstig fort. Am Abende des dritten Tages war er nur mehr ein paar Stunden von der Wohnung des Vetters entfernt. Aber sieh' da! als er so auf schmalem Wege längs einer himmelhohen Felsenwand hinkletterte, und in die tiefe, schauerliche Kluft zwischen den buschigen Felsen mit Grausen hinabschaute, erblickte er auf einmal ein aufgezäumtes und gesatteltes Pferd; die Decke war schön purpurrot und der Zügel schien lauter Gold. Das Pferd aber schaute zu ihm herauf und wieherte, als freute es sich, einen Menschen zu sehen, und als wollte es ihn mit lautem Jubel willkommen heißen.

»O Himmel!« sagte der Jüngling, »wie kommt das gute Tier in diese tiefe Schlucht hinab. Allem nach gehört es einem Ritter zu. Wenn dem Herrn, dem es angehöret, nur kein Unglück begegnet ist! Ein gesatteltes Pferd ohne Reiter an einem solchen Orte ist immer ein Anblick, über den man erschrickt. Mir wird ganz bange; ich muß doch einmal nachsehen.« Er versuchte lange vergebens hinab zu klettern, wiewohl er im Bergsteigen sehr geübt war. Endlich fand er zwischen den Felsen einen engen Steig, den ein wildes Bergwasser ausgehöhlt hatte, der aber jetzt trocken lag. Er kam glücklich hinunter. Da sah er einen Mann von edlem Aussehen und in ritterlicher Kleidung unter einem überhangenden Felsen liegen. Sein glänzender Helm mit dem prangenden Federbusche lag neben ihm, und der Spieß steckte daneben. Der Mann aber sah sehr blaß aus, und der Jüngling wußte nicht, ob er nur schlafe, oder gar tot sei. Mitleidig ging er zu ihm hin, faßte ihn freundlich bei der Hand und sagte: »Fehlt euch etwas, lieber Herr?«

Der Mann schlug die Augen auf, blickte den Jüngling starr an, seufzte und versuchte zu reden. Aber er konnte kein Wort hervorbringen. Da deutete er mit der Hand auf den Mund, und dann auf den Helm, der neben ihm lag. Fridolin verstand, daß er trinken wolle, nahm den Helm, und ging, Wasser zu holen. Ein paar graue Weidenbäume, tief in einem Winkel der Schlucht, verrieten ihm, daß Wasser in der Nähe sein müsse. Er ging hin, fand feuchten Grund, wand sich eine Strecke zwischen Felsen und Gesträuchen hinauf, und sieh! da rann ein kleines Quellchen, hell wie Kristall, aus einem moosigen Felsen hervor. Fridolin füllte den Helm, und eilte dem Durstenden zu. Dieser trank öfter und in langen Zügen. Nach und nach kam ihm die Sprache wieder.

»Gott sei Dank!« war sein erstes Wort. »Und auch dir sei Dank, freundlicher Jüngling«, fuhr er mit heiserer Stimme fort, indem er den Kopf auf die Hand stützte. »Dich hat mir Gott zugesendet, damit ich nicht verschmachte. – Aber wie mich jetzt hungert! Hast du nicht einen Bissen Brot bei dir?«

»O du mein Gott«, rief Fridolin, »wenn ich es nur früher gewußt hätte. Haferbrot und Ziegenkäse, die ich da im Quersacke trug, sind rein aufgezehrt. Doch halt, halt!« rief er jetzt freudig aus, »da habe ich ja noch die Eier. Die sind eine gesunde, nahrhafte Speise.« Er setzte sich zu dem Manne auf den reichlich mit Moos bewachsenen Boden, langte die gefärbten Eier hervor, machte sogleich eines von der Schale los, schnitt es mit seinem Taschenmesser, gleich Apfelschnitzchen, in längliche Stücklein, und gab ein Stückchen nach dem andern dem Manne. Der Mann aß, trank dann wieder dazwischen, und aß dann wieder.

Fridolin wollte das dritte Ei auch aufklopfen. Aber der Mann sagte: »Laß es gut sein. Zuviel auf einmal essen, besonders nachdem man lange gehungert, ist nicht gut. Ich habe für jetzt genug. So hat es mir in meinem Leben noch nicht geschmeckt. Es war ein Königsmahl. Ich fühle mich, Gott sei Dank, schon kräftiger!« fuhr er fort und setzte sich vollends auf. »O wenn du nicht gekommen wärest, so wäre ich diese Nacht sicher verschmachtet.«

»Aber«, sagte Fridolin, indem er den hellen Panzer und die Kleidung von prächtigen Farben näher betrachtete, »wie kommt Ihr, edler Ritter, mit Eurem Pferde denn in diese schauerliche Schlucht herab?«

»Ich bin nur ein Edelknecht«, sagte der Mann, »und reise schon mehrere Wochen in Angelegenheit meines Herrn weit umher. Da hab' ich mich in diesem waldigen Gebirge verirrt. Die Nacht überfiel mich. Auf einmal stürzte ich in der Finsternis samt meinem Pferde den steilen Abhang dort herunter in diese Tiefe. Dem Pferde, das gut auf den Beinen ist, geschah nichts. Aber ich habe mich da an dem Fuße beschädigt, daß ich nicht mehr gehen, und mich nicht einmal mehr auf das Pferd schwingen kann. Indes ist's ein Wunder, daß Mann und Roß nicht sogleich zu Grunde gingen. Ich kann Gott nicht genug danken! Ich verband mir die Wunde, so gut ich konnte; aber das Wundfieber setzte mir hart zu. Ich hatte mich schon darein ergeben, zwischen diesen Felsen Hungers zu sterben. Da erschienst du mir, guter Jüngling – wie ein Engel des Himmels. Sag' doch an, wie heißest du und wie kommst du in diese menschenleere, einsame Wüste?«

Fridolin sagte seinen Namen und erzählte seine Geschichte, und der Mann hörte aufmerksam zu, und tat dazwischen allerlei Fragen. »Wunderlich«, sagte er, indem er auf die Eierschalen zeigte, die auf dem Moose umherlagen, »daß sie so schön rot und blau sind. Ich habe noch nie solche Eier gesehen. Wie, laß mich das Ei, das noch ganz ist und das du wieder in den Quersack stecktest, doch einmal näher betrachten!«

Fridolin gab's ihm, und erzählte, wie er dazu gekommen. Der Mann betrachtete das Ei sehr aufmerksam und die Tränen drangen ihm in die Augen. »Mein Gott«, sagte er, »was da auf dem Ei steht, ist wohl recht wahr: *Vertrau auf Gott, er hilft in Not.* Das habe ich jetzt erfahren. Mit heißer Inbrunst flehte ich in diesem Abgrunde zu Gott um Hilfe, und er hat mein Flehen erhört. Seine Güte sei dafür dankbar gepriesen. Gesegnet seien die guten Kinder, die dir das paar Eier schenkten. O sie dachten wohl nicht, daß sie damit einem fremden Manne das Leben retten würden! Gesegnet sei die gute Frau, die auf dieses Ei hier den tröstlichen Reim schrieb.«

»Liebster Fridolin!« fuhr er fort, »gib das Ei mir, ich will es aufheben, damit ich den schönen Spruch, der sich an mir so schön bewährte, immer vor Augen haben kann. Ja, meine Kinder und Kindeskinder sollen noch im Vertrauen auf Gott gestärkt werden, so oft sie das Ei erblicken und den Spruch lesen. Vielleicht erzählen nach hundert Jahren meine Urenkel noch davon, wie wunderbar Gott ihren Urgroßvater durch ein paar Eier vom Hungertode gerettet habe. Ich will dir für die Eier etwas anderes geben.« Er zog seinen Geldbeutel heraus, und gab ihm für jedes Ei, das er gegessen hatte, ein Goldstück – für das Ei mit dem schönen Reim aber zwei. Fridolin wollte ihm das Ei zwar nicht lassen. Der Mann aber bat so lange, bis er es ihm gab.

»Doch sieh«, sagte der Mann jetzt, indem er an die Felsenwand hinaufblickte, »es will Abend werden, und die Felsen und Gesträuche da oben schimmern in der Abendsonne schon wie rotes Gold. Versuch es noch einmal, mir auf das Pferd zu helfen. Der Weg, auf dem du herabkamst in diese fürchterliche Schlucht, wo die Sonne nie hinscheinet, läßt mich doch auf einen Ausgang hoffen.«

Fridolin half ihm auf das Pferd, und führte es am Zügel. Sie kamen durch den Hohlweg mit vieler Mühe, aber dennoch glücklich hinauf. O wie sich da der Mann freute, als er die Sonne wieder erblickte, und Wald und Gebirg umher, von ihren glühendroten Strahlen herrlich beleuchtet sah!

»Zu meinem Vetter«, sagte Fridolin, »kommen wir jetzt wohl noch. Ich gehe einen starken Schritt, und euer Pferd bleibt gewiß nicht zurück. Der Vetter wird euch mit Freuden aufnehmen. Er ist ein braver Mann. Ihr findet nicht nur eine gute Nachtherberge, sondern sicher auch, bis ihr wieder hergestellt seid, eine liebreiche Pflege.«

Mit anbrechender Nacht kamen sie vor der Wohnung des ehrlichen Steinhauers an. Er nahm den Edelknecht mit Freuden auf, und klopfte seinem jungen Vetter Fridolin auf die Schulter, daß er so brav und gut gehandelt habe. – Fridolin trug seine Bedenklichkeiten vor, daß er nicht Wort halten, und seiner Mutter und seinen Geschwistern die gefärbten Eier nicht senden könne. »Ah was, Eier«, sagte Fridolins Vetter, »ich weiß zwar nicht, was du alles von roten und blauen und bunten Eiern daher schwatzest, oder was diese Eier vor andern Vogeleiern, deren viele gewiß noch weit schöner und zarter bemalt sind, besonders haben sollen; aber wären sie auch pures Gold, so wären sie dennoch wohl aufgezehrt, da nur der brave Mann hier nicht Hungers sterben durfte, und du einmal ein braver Kerl wirst. Du hast gehandelt, wie der wohltätige Samariter – und ich will nun den Wirt machen. Aber bezahlen darfst du mir nichts«, setzte er noch lächelnd hinzu. »Hörst du?«

Der Edelknecht zeigte das Ei mit dem Spruche. »Es ist wunderschön«, sagte der Vetter zu Fridolin. »Indes laß ihm's nur; das Gold da wird deiner Mutter lieber sein. Komm, ich will es dir auswechseln!« Der Jüngling erstaunte über die Menge der Münze, die er dafür bekam; denn er hatte das Gold nicht gekannt, weil er noch nie eines gesehen hatte. Ja, das gelbe Geld war ihm sogar etwas verdächtig vorgekommen. »Sieh«, sagte der Vetter, »auch an deiner Mutter wird der Spruch wahr: *Gott hilft in Not!* Der Spruch ist mehr wert, als all das Geld. Es ist indes gut, daß man den Spruch auch ohne das Ei merken kann. Vergiß ihn daher dein Leben lang nicht.«

Der Edelknecht blieb so lange, bis er ganz gesund war, und beschenkte, ehe er aufsaß, noch alle im Hause reichlich.

6. Ein Ei, das wirklich in Gold und Perlen gefaßt wird

Den Frühling und Sommer über fiel in dem Tale nichts Besonderes vor. Die Kohlenbrenner bauten ihr kleines Feld und gingen fleißig in den Wald, Kohlen zu brennen; ihre Weiber besorgten die Haushaltung und zogen viele Hühner, und die Kinder fragten sehr oft, ob es wohl nicht bald wieder Ostern sei. Die edle Frau aber war jetzt manchmal sehr traurig. Ihr alter Diener, der sie hieher begleitet hatte, und anfangs von Zeit zu Zeit bald größere, bald kleiner Reisen machte, und ihre Geschäfte besorgte, konnte das Tal schon lange nicht mehr verlassen. Denn er fing an zu kränkeln. Ja, als es Herbst ward und die Gesträuche an den Felsen umher bereits bunte Blätter hatten, konnte er kaum mehr vor die Türe hinaus gehen, um sich, was er sonst sehr gern tat, ein wenig zu sonnen. Die Frau vergoß aus Mitleid mit dem guten, alten Manne, und aus Besorgnis, ihre letzte Stütze zu verlieren, manche stille Träne. Auch fiel es ihr schwer, daß sie nun durch ihn von ihrem Vaterlande keine Nachricht mehr erhalten konnte, und in diesem abgelegenen Tale von der ganzen übrigen Welt wie abgeschieden war.

Um diese Zeit setzte aber noch ein anderes Ereignis die gute Frau in nicht geringe Ängsten und Schrecken. Einige Kohlenbrenner kamen eines Morgens aus dem Walde heim und erzählten dem Müller: »Als wir die vergangene Nacht wohlgemut bei unsern brennenden Kohlenhaufen gesessen, da sind auf einmal vier fremde Männer zu uns gekommen; sie hatten eiserne Kappen auf dem Kopfe und eiserne Wämser an, und trugen große Schwerter an der Seite und führten lange Spieße in der Hand. Sie nannten sich Dienstleute des Grafen von Schroffeneck, der mit vielen Reisigen in dem Gebirge angekommen sei. Sie haben sich auch nach allem in der Gegend wohl erkundigt.« Der Müller eilte mit dieser Neuigkeit sogleich zu der Frau, die eben an dem Bette des kranken Kuno saß. Sie wurde, als der Müller den Namen Schroffeneck nannte, totenbleich und rief: »O Gott, der ist mein schrecklichster Feind! Ich glaube nicht anders, als er stellt mir nach dem Leben. Die Kohlenbrenner werden den fremden Männern meinen Aufenthalt ja doch nicht entdeckt haben?« Der Müller versicherte, so viel er wisse, sei von ihr gar nicht die Rede gewesen. »Die Männer«, sagte er, »haben sich an dem Feuer nur gewärmt, und sind gegen Tag wieder weiter gezogen. Daß sie aber noch in dem Gebirge umherstreifen, ist dennoch gewiß.«

»Lieber Oswald!« sprach die Frau zum Müller, »ich habe, seit Ihr mich in Euer Haus aufnahmt, Euch immer als einen gottesfürchtigen, rechtschaffenen, redlichen Mann kennen gelernt. Euch will und daher meine ganze Geschichte anvertrauen, und Euch die große Angst entdecken, die jetzt mein Herz erfüllt; denn auf Euern guten Rat und auf Euern treuen Beistand mache ich sichere Rechnung.«

»Ich bin Rosalinde, eine Tochter des Herzogs von Burgund. Zwei angesehene Grafen warben um meine Hand – Hanno von Schroffeneck und Arno von Lindenburg. Hanno war der reichste und mächtigste Herr weit umher, und hatte viele Schlösser und Kriegsleute; allein er war nicht gut und edel. Arno war wohl der tapferste und edelste Ritter im Lande; allein im Vergleich mit Hanno arm, denn er hatte von seinem edlen, uneigennützigen Vater nur ein einziges alterndes Schloß geerbt, und war auch gar nicht darauf bedacht, durch Gewalt mehrere an sich zu reißen. Ihm gab ich, mit Gutheißen meines Vaters, meine Hand, und brachte ihm eine schöne Strecke Landes mit mehreren festen Schlössern zum Brautschatze. Wir lebten so vergnügt, wie im Himmel.«

»Hanno von Schroffeneck faßte aber einen grimmigen Haß gegen mich und meinen Gemahl, und wurde uns totfeind. Indes verbarg er seinen Groll, und ließ ihn nicht in öffentliche Feindseligkeiten ausbrechen. Nun mußte mein Gemahl mit dem Kaiser in den Krieg gegen die wilden, heidnischen Völker ziehen. Hanno hätte den Zug auch mitmachen sollen. Allein unter allerlei Vorwänden wußte er seine Rüstungen zu verzögern, blieb zurück, und versprach bloß, dem Heere sobald möglich zu folgen. Während nun mein Gemahl mit seinen Leuten an den fernen Grenzen für sein Vaterland kämpfte, und das ganze christliche Kriegsheer genug zu tun hatte, den übermächtigen Feind abzuhalten, brach der treulose Hanno in unser Land ein – und niemand war, der sich ihm widersetzen konnte. Er verwüstete alles weit umher, und erstürmte ein festes Schloß nach dem andern. Mir blieb nichts übrig, als mit meinen zwei lieben Kindern heimlich zu entfliehen. Mein guter alter Kuno war mein einziger Schutzengel auf dieser gefährlichen Flucht, auf der ich keinen Augenblick vor Hannos Nachstellungen sicher war. Er führte mich in dieses Gebirg, wo ich in diesem vor aller Welt verborgenen Tale einen so ruhigen Aufenthalt fand.«

»Hier wollte ich nun verweilen, bis mein Gemahl aus dem Kriege zurück kommen, und unsere Habe dem unrechtmäßigen Besitzer werden entreißen würde. Von Zeit zu Zeit zog Kuno aus dem Gebirge in die bewohntere Welt, Kunde von dem Kriege einzuholen. Allein immer kehrte er mit traurigen Nachrichten zurück. Immer noch waltete der böse Hanno in unserm Lande, immer noch währte der Krieg an den Grenzen mit abwechselndem Glücke fort. Nun aber ist es schon bald ein Jahr, daß mein guter Kuno krank ist, und seit der Zeit weiß ich nichts mehr von meinem teuren Vaterlande, und von meinem lieben Gemahl. Ach, vielleicht fiel er schon lange unter dem Schwerte der Feinde! Vielleicht kam Hanno, der mir mit seinen Leuten so nahe ist, meinem geheimen Aufenthalte auf die Spur – und was wird dann aus mir werden? Der Tod wäre noch das beste, das mir begegnen könnte. – O redet doch mit den Köhlern, lieber Oswald, daß sie mich nicht verraten!«

»Was verraten!« sagte der Müller. »Ich stehe Euch gut für alle; jeder gäbe sein Leben für Euch. Ehe der grausame Hans von Schroffeneck Euch etwas zu leid tun soll, muß er es mit uns allen aufnehmen. Seid daher außer Sorge, edle Frau!« Ebenso sprachen die Kohlenbrenner, als ihnen der Müller die Sache vortrug. »Er soll nur kommen«, sagten sie, »wir wollen ihm mit unsern Schürhacken den Weg weisen.«

Die gute Frau brachte indes ihre Tage unter beständigen Sorgen und Ängsten zu. Sie getraute sich kaum mehr aus der Hütte zu gehen, und ließ auch keines ihrer Kinder vor die Türe. Ihr Leben war sehr betrübt und kummervoll. Da es aber in dem Gebirge wieder ruhig wurde, und man von den geharnischten Männern nichts mehr sah und hörte, wagte sie es einmal, einen kleinen Spaziergang zu machen. Es war nach langem Regen gar ein schöner, lieblicher Tag spät im Herbste. Einige hundert Schritte von ihrer Hütte stand eine Art ländliche Kapelle. Sie war nur aus rohen Tannenstämmen erbaut, und an der Vorderseite ganz offen. In der Kapelle sah man die Flucht nach Ägypten, ein sehr liebliches Gemälde, das Kuno einmal von einer seiner Wanderungen mitgebracht hatte, die gute Frau über ihre eigene Flucht zu trösten. Hinter der Kapelle erhob sich eine hohe Felsenwand, und vor der Kapelle standen einige schöne Tannen, und beschatteten den Eingang derselben. Das Plätzchen hatte so etwas Stilles und Trauliches, daß man mit Wehmut und Freude hier verweilte. Ein angenehmer Weg über grünen Rasen, zwischen malerischen Felsen und Gesträuchen führte dahin. Dieß war ihr liebster Spaziergang. Sie ging, nicht ganz ohne Bangigkeit, auch dieses Mal dahin. Sie kniete mit ihren Kindern einige Zeit auf dem Betstuhle am Eingange der Kapelle. Die Ähnlichkeit ihres Schicksals mit dem großen Leiden der göttlichen Mutter, die auch mit ihrem Kinde in ein fremdes Land flüchten mußte, rührte sie, und manche Zähre floß von ihren Wangen. Sie betete eine Zeit, und setzte sich dann auf die Bank. Ihre Kinder pflückten indes an den Felsen umher Brombeeren, freuten sich, daß jede Beere gleichsam ein kleines, glänzendschwarzes Träubchen bilde, und entfernten sich nach und nach ziemlich weit.

Als nun die Frau so einsam da saß, sieh! da kam ein Pilgersmann zwischen den Felsen hervor und näherte sich der Kapelle. Er hatte ein langes, schwarzes Gewand an und einen kurzen Mantel darüber. Sein Hut war mit schönfarbigen Meermuscheln geziert, und in der Hand führte er einen langen, weißen Stab. Er war, wie es schien, schon sehr alt, aber doch ein stattlicher, sehr wohlaussehender Mann. Seine langen Haare, die auf beiden Seiten der Scheitel schlicht herab hingen, und sein langer Bart waren weiß wie Schlehenblüte, aber seine Wangen noch röter, als die schönsten Rosen. Die Frau erschrack, als sie den fremden Mann sah. Er grüßte sie ehrerbietig und fing ein Gespräch mit ihr an. Sie aber war in ihren Reden sehr vorsichtig und zurückhaltend. Sie blickte ihn nur sehr schüchtern an, als wollte sie ihn erst ausforschen, ob sie ihm – als einem ganz fremden, unbekannten Manne, wohl auch trauen dürfte.

»Edle Frau«, sagte endlich der Pilger, »habt keine Furcht vor mir. Ihr seid mir nicht so fremd, als Ihr denkt. Ihr seid Rosalinde von Burgund. Ich weiß auch gar wohl, was für ein hartes Schicksal Euch zwang, zwischen diesen rauhen Felsen eine Zufluchtsstätte zu suchen. Auch Euer Gemahl, von dem Ihr nun schon drei Jahre getrennt seid, ist mir recht wohl bekannt. Seit Ihr hier in dieser abgelegenen Gegend wohnt, hat sich in der Welt vieles geändert. Wenn Euch je noch daran liegt, von dem guten Arno von Lindenburg zu hören, und das Andenken an ihn in Eurem Herzen noch nicht erloschen ist, so kann ich Euch die fröhlichsten Nachrichten von ihm mitteilen. Es ist Friede! Mit Siegeskränzen geschmückt kehrte das christliche Heer zurück. Euer Gemahl hat seine geraubten Burgen wieder erobert. Der Bösewicht Hanno rettete sich mit genauer Not in dieses Gebirg und auch aus diesem hat er sich schon weiter flüchten müssen. Der innigste Wunsch Eures Gemahls ist nun, Euch, seine geliebte Gemahlin, wieder aufzufinden.«

»O Gott«, rief jetzt die Frau, »welch' eine Freudenbotschaft! O wie danke ich dir, lieber Gott!« Sie sank auf die Kniee, und reichlich Tränen flossen über ihre Wangen. »Ja«, sprach sie, »du, guter Gott, hast meine heißen Tränen gesehen, meine stillen Seufzer vernommen, mein unaufhörliches Flehen erhört! – O Arno, Arno, daß mir doch bald der selige Augenblick würde, dich wieder zu sehen, und dir deine Kinder, die bei deiner Abreise noch ganz unmündig waren, vorzuführen, damit du nun aus ihrem Munde das erste Mal den holden Vaternamen vernehmest!«

»Ja wohl zweifeln, du fremder Mann«, sagte sie zum Pilger, »ob ich meines Gemahls noch gedenke, ob nicht sein Andenken in meinem Herzen erloschen? – O meine Kinder«, rief sie jetzt ihren zwei Kleinen zu, die schüchtern in einiger Entfernung standen und den fremden Mann neugierig betrachteten, »o, kommt hieher!« Beide Kinder kamen eilig.

»Du, Edmund«, sprach sie jetzt zum Knaben, indem sie ihn ermunterte, nicht scheu, sondern hübsch dreist zu sein, »sage dem Manne hier das kleine Gebet, das wir alle Morgen für den Vater beten.« Der Kleine faltete, als ob es allzeit so sein müßte, auch wenn man ein Gebet nur auswendig hersagt, andächtig die Hände, und sprach mit sichtbarer Rührung, die Augen zum Himmel gerichtet, laut und mit Ausdruck: »Lieber Vater im Himmel! Sieh auf uns zwei arme Waislein herab! Unser Vater ist im Kriege. O laß ihn nicht umkommen! O wir wollen auch recht fromm und gut sein, damit der liebe Vater Freude habe, wenn er uns einmal wieder sieht! Ach ja, erfülle unsere Bitte!«

»Und du, Blanda«, sagte sie zum gelblockigen Mädchen mit den Rosenwangen, »sag', wie beten wir abends für den Vater, ehe wir uns schlagen legen?« Das Kind faltete eben so wie der Knabe die kleinen Händchen, schlug die blauen Augen zum Himmel auf, und betete schüchtern mit sanfter, leiser Stimme: »Lieber Vater im Himmel! Ehe wir zur Ruhe gehen, flehen wir noch zu dir für unsern Vater auf Erden. Laß ihn sanft ruhen, und dein Engel beschütze ihn vor feindlichem Überfall. Schenke auch der lieben Mutter sanften Schlaf, damit sie ihres tiefen Kummers ein wenig vergesse. Oder wenn du ihr auch den süßen Schlaf entziehen willst, so laß ihn auf die Augenlider des Vaters sanft herabsinken. O möchte dieser Abend der letzte unserer traurigen Trennung sein! Möchte bald der frohe Morgen jenes Tage anbrechen, an dem wir ihn wiedersehen.«

»Amen, Amen«, sagte die Mutter, indem sie die Hände faltete und weinend zum Himmel aufblickte. – –

Jetzt fing der Pilger mit einem Male an laut zu weinen. In einem Augenblicke hatte er die Verkleidung – Haare und Bart, Pilgermantel und Pilgerrock hinweg geworfen – und stand nun in prächtiger, ritterlicher Tracht, in Gold und Purpur, in jugendlicher Schönheit, voll Kraft und Leben da, und breitete seine Arme weit gegen Frau und Kinder aus und rief mit lauter, herzdurchdringender Stimme: »O Rosalinde, meine Gemahlin! O Edmund und Blanda, meine liebsten Kinder!«

Die Frau war von plötzlichem Freudenschrecken wie betäubt. Die Kinder, die bei dem lauten Weinen des Pilgers eben zu ihrer Mutter aufgeblickt hatten, als wollten sie um Hilfe für den Mann flehen, schauten, als sie jetzt ihren Namen hörten, um – und erschracken über das Wunder, das sie zu sehen glaubten, denn sie meinten, da die Mutter ihnen öfters aus der Legende erzählt hatte, nicht anders, als der Greis habe sich mit einem Male in einen schönen Jüngling des Himmels – in einen Engel verwandelt; so schön kam ihnen ihr Vater vor. Denn wirklich war er auch der schönste Mann unter dem ganzen christlichen Heere. O wie entzückt waren sie, als die Mutter ihnen nun sagte, der schöne Herr sei ihr lieber Vater, von dem sie ihnen so oft erzählt habe. Vater und Mutter und Kinder fühlten sich so glücklich, als wären sie schon im Himmel, und ein paar Stunden verschwanden ihnen wie ein paar Augenblicke.

Rosalinde hatte aus den Reden ihres Gemahls vernommen, daß er unter starker Bedeckung spornstreichs hieher geritten sei, um sie hier abzuholen; daß er aber wegen der steilen, gefährlichen Felsenwege sein Gefolge von Reitern zurückgelassen habe, und in Pilgertracht, deren sich damals auch Vornehme oft bedienten, wenn sie unerkannt reisen wollten, zu Fuße vorausgeeilt sei, schneller bei ihr zu sein, sich unter dieser fremden Gestalt von ihrem Wohlbefinden und von dem Wohlverhalten seiner Kinder zu überzeugen, und sie auf seinen Empfang vorzubereiten. Rosalinde fragte, wie es gekommen sei, daß er ihren Aufenthalt so sicher erfahren habe.

»O Rosalinde«, sagte er, »unser Wiedersehen ist die Frucht deiner Wohltätigkeit gegen die armen Leute, besonders gegen die Kinder in diesem Tale. Darum hat Gott deinen Kindern den Vater wieder geschenkt. Ohne diese deine wohltätigen Gesinnungen hätten wir uns nicht so bald, ach vielleicht gar nicht mehr gesehen! Denn überall warest du von unsern Feinden umgeben, und leicht hättest du in ihre Hände fallen können. Erst nachdem ich mit meinen Leuten im Gebirge angekommen war, entfloh Hanno mit den Seinigen über alle Berge.« Er zeigte ihr das gefärbte Ei mit dem Spruche: *Vertrau auf Gott, er hilft in Not.* »Sieh da!« sprach er, »dieses Ei war in der Hand Gottes das Mittel, uns wieder zu vereinigen. Ich hatte lange Zeit her Leute ohne Zahl ausgesendet, dich zu suchen, aber immer vergebens. Da kam einmal Eckbert, einer meiner Edelknechte, den ich schon für verloren hielt, weil er mir gar zu lange ausblieb, von einem Ritte zurück. Er war in einen Abgrund gestürzt, und wäre da bald verhungert. Ein fremder Jüngling rettete ihn mit ein paar Eiern vor dem Hungertode, und schenkte ihm noch obendrein dieses Ei mit dem schönen Spruche zum Andenken an seine Rettung. Eckbert zeigte mir das Ei. Aber, lieber Himmel, wie erstaunte ich! Auf den ersten Blick erkannte ich in den Schriftzügen deine Hand. Augenblicklich saßen wir auf, und ritten dem großen Marmorbruche zu, in dem der gute Jüngling arbeitete. Dieser zeigte mir den Weg hieher. Hättest du den schönen freundlichen Gedanken nicht gehabt, den Kindern mit den bunten Eiern ein Fest zu geben, hättest du bei den leiblichen Wohltaten nicht auch auf den Geist so schön Bedacht genommen, und die schönen Denkreime nicht auf die Eier geschrieben, wäret ihr alle – du, mein lieber kleiner Edmund da, und du, meine kleine holde Blanda hier, gegen einen fremden Jüngling nicht so wohltätig gewesen: o so wäre uns der heutige Freudentag nicht geworden! Auf jeder milden Gabe – sei sie auch noch so klein – ruht doch immer der Segen des Höchsten, wenn sie aus reinem Herzen und ohne Hoffnung auf Vergeltung gegeben wird. Sie ist ein Samenkorn, das reichliche Früchte trägt. Unter Gottes Leitung bringt sie uns oft auf Erden schon großes Heil. Merkt euch das euer Leben lang, ihr lieben Kinder! Gebt den Armen gern, sucht andern einen frohen Tag zu machen, gleicht eurer Mutter! Helft andern aus der Not, und euch wird auch geholfen werden! Erbarmet euch, und ihr werdet Erbarmen finden. Freudig werdet ihr dann auf Gott vertrauen können, und die felsenfeste Wahrheit, die heute so schön in Erfüllung ging, wird auch fernerhin an euch herrlich in Erfüllung gehen. Er wird euch nie ohne Hilfe lassen. – Dies seht ihr aus dieser Geschichte. In Gold und Perlen werde ich deshalb dieses Ei fassen lassen, und zum steten Andenken in unserer Burgkapelle am Altare aufhängen.«

Indes war es Abend geworden, und schon glänzte hie und da ein Sternlein am klaren Himmel. Graf Arno ging mit seiner Gemahlin am Arme ihrer ländlichen Wohnung zu, und die zwei Kleinen gingen voraus. Hier erwarteten sie neue Freuden. Der Edelknecht und Fridolin, sein Erretter, waren hier und hatten sich indes mit Kuno unterhalten, den die Ankunft seines geliebten Herrn schon fast gesund gemacht hatte. Der gute Jüngling Fridolin, dem die Gräfin die Eier geschenkt hatte, kam zuerst herbei, und grüßte sie und die Kinder als alte Bekannte auf das freundlichste und freudigste. Dann trat Eckbert, der Edelknecht, den die Eier vom Hungertode gerettet hatten, ehrerbietig herbei und sagte: »Laßt mich, teure Gräfin, die wohltätige Hand küssen, die mir unter Gottes Leitung das Leben rettete.« Den braven Kuno umarmte der Graf als seinen treuesten Diener, und auch dem wackern Müller, der festlich geputzt in seinem hellblauen Sonntagsrocke dastand, schüttelte er mit dankbarer Rührung treuherzig die Hand. Sie speisten den Abend alle zusammen, und waren von Herzen fröhlich und vergnügt.

Am andern Morgen aber war großer Jubel im ganzen Tale. Die Nachricht, der Gemahl der guten Frau, ein vornehmer, ganz überaus vornehmer Herr, sei angekommen, setzte alles in Bewegung. Groß und klein kam herauf, ihn zu sehen, und die kleine Hütte ward ganz von Leuten umringt. Der Graf trat mit seiner Gemahlin und seinen Kindern heraus und grüßte die Leute auf das liebreichste, und dankte ihnen für alles Gute, das sie seiner Gemahlin und seinen Kindern erwiesen hatten. »O, nicht *wir* sind ihre Wohltäter«, sagten die Leute mit Tränen in den Augen, »*sie* ist unsere größte Wohltäterin!« Der Graf unterhielt sich lange mit den guten Leuten und sprach mit einem jeden aus ihnen, und alle waren über seine Freundlichkeit entzückt.

Indes hatte das Gefolge des Grafen, mit Hilfe einiger Kohlenbrenner, einen Weg in das Tal gefunden. Unter dem Klange der Trompeten kamen mehrere Ritter, und eine Menge Knappen zu Pferd und zu Fuß zwischen zwei waldigen Bergen hervor, zogen in das Tal herein, und ihre Helme und Spieße leuchteten im Glanze der Sonne wie Blitze. Alle begrüßten ihre wiedergefundene Gebieterin mit hoher Freude, und ihr Freudenruf hallte rings von den Felsen zurück.

Graf Arno blieb noch ein paar Tage hier; am Abend, bevor er mit seiner Gemahlin und seinen Kindern, mit Kuno und dem übrigen Gefolge abreiste, gab er noch allen Bewohnern des Tales eine große Mahlzeit. Der Müller und die Köhler saßen zwischen Rittern und Knappen, und die Tafel sah sehr bunt aus. Am Ende der Mahlzeit beschenkte der Graf seine ländlichen Gäste, vorzüglich den Müller noch sehr reichlich. Martha blieb in den Diensten der Gräfin. Für die Mutter und die Geschwister des guten Jünglings Fridolin sorgte er noch ganz besonders. Zu den Kindern der Köhler aber sagte er: »Für euch, ihr lieben Kleinen, will ich zum Andenken an den Aufenthalt meiner Gemahlin unter so guten Leuten eine kleine Stiftung machen. Jedes Jahr sollen auf Ostern allen Kindern Eier von allen Farben ausgeteilt werden.« – »Und ich«, sprach die gute Gräfin, »will diesen Gebrauch in unsrer ganzen Grafschaft einführen, und auch dort zum Andenken meiner Befreiung alle Jahre auf Ostern gefärbte Eier unter die Kinder austeilen lassen.« Dies geschah auch. Die Eier nannte man Ostereier, und die schöne Sitte verbreitete sich nach und nach durch das ganze Land.

Die Leute an andern Orten, die den Gebrauch nachmachten, sagten: »Die Erlösung der guten Gräfin aus ihrem Felsentale und jenes Edelknechtes aus jenem Abgrunde und vom nahen Tode, geht uns zwar nicht so nahe an, ihr Andenken jährlich zu feiern. Die bunten Eier sollen daher unsre Kinder an eine größere, herrlichere Erlösung erinnern, die uns *sehr nahe* angeht – an unsere Erlösung von Sünde, Elend und Tod, durch denjenigen, der vom Tode auferstand. Das Osterfest ist das rechte Erlösungsfest – und die Freude, die wir da den Kindern machen, ist ganz dem Sinne des Erlösers gemäß. Die Liebe, die gern groß und klein erfreut, ist ja die Summe seiner heiligen Religion, und das schönste Kennzeichen seiner wahren Verehrer. Ja, die Sitte, den Kindern Eier zu schenken, kann auch den Eltern und allen Menschen eine schöne Erinnerung an die Vaterliebe Gottes gegen uns Menschen, ja gleichsam ein Pfand der wohlwollenden Gesinnungen seines treuen Vaterherzens sein. Denn der Mund der Wahrheit hat es ja selbst gesagt: »Wo ist unter euch ein Vater, der seinem Sohne, der ihn um ein Ei bittet, einen Skorpion geben könnte? Wenn nun ihr euren Kindern gute Gaben zu geben wißt, wie viel mehr wird euer Vater im Himmel denen, die ihn darum bitten, – die beste aller Gaben – den guten Geist geben?«